BU KİTABIN HAYVANSEVER SAHİBİ:

....

SEV Yayıncılık Eğitim ve Ticaret A.Ş.
bir Sağlık ve Eğitim Vakfı kuruluşudur.
Nuhkuyusu Cad., No. 197 Üsküdar İş Merkezi, Kat 3,
34664 Bağlarbaşı, Üsküdar, İstanbul
Tel.: (0216) 474 23 43 · Sertifika No. 45278

Pöti

Yazan: Gökçe Gökçeer
Resimleyen: Mustafa Gündem
Yayın Yönetmeni: S. Baha Sönmez
Editör: Burcu Ünsal Çeküç
Baskıya Hazırlayan: Hüseyin Vatan

Birinci Baskı: Eylül 2015
On Birinci Baskı: Temmuz 2020

ISBN: 978-605-9781-04-6

Kütüphane Bilgi Kartı (CIP):
Gökçeer, Gökçe
Pöti
1. Çocuk Edebiyatı 2. Öykü
İstanbul, SEV Yayıncılık, 2020, 52 Sayfa
ISBN: 978-605-9781-04-6

Baskı: Fabrika Basım ve Ticaret Ltd. Şti.
Göztepe Mh., İnönü Cad., No. 74/A, Bağcılar / İSTANBUL
Tel.: (0212) 294 38 00 · Sertifika No. 47653

PÖTİ

Yazan:
Gökçe Gökçeer

Resimleyen:
Mustafa Gündem

Bana hayvan sevgisini aşılayan babama, hayatımızı
Pöti'yle güzelleştiren Sarp'a ve kızım Umay'a...
G.

REDHOUSE
kidz

Duyduğuma göre hayvanları çok seviyormuşsun. O zaman seni Pöti'yle tanıştırmak isterim. Çünkü Pöti, dünyanın en tatlı köpeğidir. Bütün çocuklar ona bayılır!

Poti

Pöti yedi yaşında, sevimli bir kız. Onunla beş yıl önce, bir sonbahar akşamı tanıştık. Birkaç aylık minik bir yavruyken barınağa bırakılmış. Tanıştığımız güne kadar da orada yaşamış...

Poti

Barınaklar, terk edilen sahipsiz köpeklerin yaşadığı yerlerdir. Orada çalışan insanlar ve gönüllü hayvanseverler bu köpekleri besler ve onlara bakar.

İşte Pöti de bu sahipsiz köpeklerden biriydi. Barınakta ona iyi bakılıyordu, ama yine de her köpek bir yuva ister. Pöti'nin de en büyük hayali onu çok seven bir sahibinin olmasıydı. Bir gün bu hayali gerçek oldu. İyi kalpli biri onu barınaktan alıp sıcacık evine götürdü.

Poti

Pöti'nin bebekken nasıl göründüğünü bilmiyorum. Ama minicik, oyuncu ve sevimli bir köpek olduğuna eminim!

Pöti

Pöti'nin ne kadar özel bir köpek olduğunu anlamak için ona biraz yakından bakmak gerek. Sen hiç böyle gözleri olan bir köpek gördün mü?

Gözleri farklı renkte olduğu için
onu biraz tuhaf bulanlar oluyor.
Ama bu çok saçma, çünkü
farklı olmak güzeldir!

Pöti

Zavallı Pöti, onu tuhaf bulanlar olduğunu
duyunca çok üzülüyor. Aynaya bakıp
"Keşke gözlerim aynı renk olsaydı,"
diyor içinden. Dimdik kulakları arkaya
düşüyor üzüntüden...

Poti

Ama arkadaşları Pöti'ye şöyle diyor:
"Köpeklerin gözleri genellikle aynı renk olur Pöti, ama sen bize benzemiyorsun. Sen çok güzel ve farklı bir köpeksin!"

Pöti'nin de neşesi hemen yerine geliyor.

Şu parlayan, gri dişi görüyor musun? Tıpkı gözleri gibi dişleri de hiçbir köpeğinkine benzemiyor. Bu dişin hikâyesi biraz uzun... Sana başka bir gün anlatacağım, bana hatırlat olur mu?

Poti

Pöti bazen gülümser ama bunu çok az insan görebilir. Onun tuhaf bir köpek olduğunu düşünürsen gülümsediğini de göremezsin tabii.

Pöti'nin en sevdiği şey ne, biliyor musun?
Horul horul uyumak!

Pöti bazen böyle uyur...

Bazen böyle...

Bazen de böyle!

Köpekler bisküviye bayılır. Ama ne yazık ki tatlı yiyecekler onlar için zararlıdır. Bu yüzden, bir gün Pöti'yle tanışırsan ona tatlı bisküvi verme olur mu? Sana böyle masum masum baksa bile, sakın ona kanma!

Poti

Pöti bisküvini almak için sana oyunlar yapabilir. Ama şunu bilmelisin ki, o söz dinlemeyen bir köpek değildir. Çok havlayan, yaramaz köpeklerle hiç anlaşamaz. Hatta onun en yakın arkadaşı bile, Pöti kadar uslu bir köpek. Adını şimdi söylemeyeceğim. Belki bir gün seni onunla da tanıştırırım, kimbilir...

(Ben biliyorum!)

HAV
HAV
HAV
HAV
Poti

Sana bir sır vereyim mi? Bence Pöti, bir köpek olduğunu bazen unutuyor. Hatta kendini insan sanıyor bile olabilir. Çünkü en çok insanların yanında mutlu oluyor. Sahibiyle yürüyüşe çıktıklarında, kuyruk sallayarak kendini herkese sevdirmek istiyor. Ama bunu pek eğlenceli bulmayanlar da var!

Poti

Böyle zamanlarda Pöti'nin dik
kulakları üzüntüden yine arkaya
düşüyor. İnsanların ona neden böyle
davrandıklarını bir türlü anlayamıyor.
Çünkü onun tek istediği şey
biraz oyun oynamak...

Pöti

Bir gün Pöti'yle tanışırsan yanağına bir öpücük kondurabilir, hiç şaşırma. Köpekler insanların yüzünü yalayarak sevgilerini gösterir. Ama Pöti küçük öpücükler kondurur. Beni böyle öpüyor, bak. Sen hiç öpücük veren köpek gördün mü?

Poti

Pöti'nin en sevdiği oyuncağıyla da tanışmanı isterim. Bu tenis topuyla oynamaya bayılır. Topu atarsan arkasından koşup yakalar. Ama sana geri getireceği konusunda söz verememem! Pöti'nin oyun oynama şekli de kendi gibi farklıdır.

Poti

Biraz daha büyüyünce, sen de bir köpeğin olsun isteyebilirsin. Ama bunu iyi düşünmen gerekiyor. Çünkü hayvanlar oyuncak değildir. Onlara bakmak eğlenceli ama zordur.

Bu sorumluluğu alacağına söz verirsen ve tabii ailen de buna izin verirse, barınaklarda seni bekleyen köpekler olduğunu unutma. Üstelik onlar, Pöti'nin en yakın arkadaşları! Senin gibi hayvansever biri tarafından evlat edinilme hayaliyle yaşayan, sahipsiz ve tatlı köpekler...

Artık Pöti'yle tanıştın... Onu sevdiysen, Pöti'nin arkadaşlarını ve eğlenceli maceralarını da seveceksin demektir.

Pöti hayvansever çocuklara bayılıyor! Tıpkı senin gibi...

Şimdilik görüşmek üzere!

Poti

Bu kitabın minik hayvansever okuru,

Az önce tanıştığın Pöti, hayali bir kahraman değil, gerçek bir köpek. Değerli bir ırktan gelmiyor. Ailesinin kim olduğunu da bilmiyoruz. Ama kahraman olmak ve çok sevilmek için değerli bir ırka ait olmak ya da safkan olmak gerekmiyor. Pöti, Sibirya kurdu da denilen *husky* ile bilmediğimiz başka bir ırkın birleşmesinden oluşan, kırma bir köpek. Ama bu onu, safkan köpeklerden daha değersiz yapmıyor. Hatta şunu bilmelisin ki, kırma köpekler safkan olanlara göre çok daha dayanıklı, sağlıklı, uzun ömürlü ve zor şartlara uyumludur.

Sokağında yaşayan köpeklere yiyecek veriyor musun? Bugün sokağa çıktığında onlara dikkatle bak. Sokak köpekleri, genellikle herhangi bir ırka ait olmayan, çoğu insan tarafından değersiz bulunan kırma köpeklerdir. Ama onları sokakta yaşamaya bu kadar dayanıklı kılan, kırma olmalarıdır. Safkan bir köpek, dışarıda uzun süre yaşayamaz.

Ailece bir köpek sahibi olmak isterseniz, barınaklarda ya da sokakta sevgini bekleyen binlerce güzel kırma köpek olduğunu unutma! Şimdi kitabı bir daha oku ve ne demek istediğimi biraz düşün. Belki ailenle bu konuda konuşmak istersin.

Eğer bana ulaşmak ve soru sormak istersen, **gokce.gokceer@gmail.com** adresine yazabilirsin. Ailen sana bu konuda da yardımcı olacaktır.

Sevgilerimle,

Gökçe Gökçeer

İşte kahramanımız Pöti!

Fotoğraflar için Elif Tezcan'a teşekkür ederiz.

Aileler için birkaç küçük not:

Bu kitap, barınak ve sokak köpeklerinin evlat edinilmesini teşvik etmek, çocukları hayvan sevgisi konusunda doğru yönlendirebilmek amacıyla atılmış bir adımdır. *Petshop*'larda sağlıksız koşullarda esir tutulan ve birçok yerde hâlâ satışı devam eden evcil hayvanların yaşam hakları ellerinden alınmaktadır. İnsanlık dışı ortamlarda üretilip bir eşya gibi satılan bu hayvanların kurtuluşu, ancak *petshop* ve benzeri yerlerde hayvan satışının yasaklanmasıyla, barınaklardan ve sokaktan evlat edinme oranının artmasıyla son bulabilir. Hevesle satın alınan, büyüdüklerinde, hastalandıklarında ya da yeterince 'eğlenceli' bulunmadıklarında terk edilen binlerce kedi ve köpek, bugün ya sokaklarda yaşam savaşı veriyor ya da barınaklarda sıcak bir yuva bulmayı beklerken hayatını kaybediyor.

Çocuğunuzun duyarlı bir hayvansever olması, ancak onu doğru bilinçlendirmenizle mümkün. Örneğin, düzenli olarak sokak hayvanlarını besleyebilirsiniz. Onları beslemek, çocuğunuzun hayvanlar üzerinde sorumluluk duygusunun gelişmesinde etkili olacaktır. Bir hayvanın değerli olması için safkan olması gerekmediğinin altını çizmek ise, onun gerçek bir hayvansever olma sürecinde önemli bir noktadır.

Bir gün birlikte bir barınağı ziyaret edin. Oradan hemen bir köpekle çıkmanız gerekmiyor. Asıl amaç çocuğunuzun, barınak hayvanlarının sevilmek ve bir yuvaya sahip olmak gibi hayati ihtiyaçları olduğunun bilincine varmasını sağlamaktır.

Çocuklar hayvanlarla birlikte büyüme şansına sahip olursa; sorumluluk, dostluk, bağlılık gibi pek çok duyguyu yaşayarak öğrenebilir.

İşte Pöti'nin evlat edinildiği barınak:

Yedikule Hayvan Barınağı
Adres: Yedikule Sahil Yolu, Fatih, İstanbul
Tel.: (0212) 633 58 57 • E-posta: info@yedikulehayvanbarinagi.com

Sen de barınağa bağış yapmak ya da oradaki hayvanları ziyaret etmek istersen bu iletişim bilgileri ile barınak yetkililerini arayabilirsin.

Gökçe Gökçeer (1975, Diyarbakır)

Okumaya, yazmaya, çocuk kitaplarına, defterlere ve hayvanlara bayılıyor. Ankara'da büyüdü ama İstanbul'da yaşıyor. Felsefe eğitiminin ardından yolu yayıncılıkla kesişti. Birçok yayınevi ve dergide redaktörlük, editörlük yaptı. Çocuk kitapları hakkında tanıtım ve eleştiri yazıları yazıyor ve çocuklar için yazılar kaleme alıyor. Bir çocuk annesi ve iflah olmaz bir hayvansever.

Mustafa Gündem (1985, İzmir)

İzmir Anadolu Güzel Sanatlar Lisesi'nde resim eğitimi aldı. Güzel Sanatlar Lisesi'nden sonra Anadolu Üniversitesi Güzel Sanatlar Fakültesi Animasyon Bölümü'nü kazandı. Üniversite yıllarında bir süre Norveç Volda Üniversitesi'nde eğitimine devam etti. Mezun olduktan sonra İstanbul'a yerleşti. Şu anda birçok film ve reklam projesinde Görsel Geliştirme Sanatçısı olarak çalışıyor ve evlat edindiği köpeği Balto ile birlikte İstanbul'da yaşıyor.

Sarp Dakni (1975, Ankara)

Pöti ve Dede'yi evlat edinen kişiyi de tanımak istersiniz diye düşündük. Kendisi doğuştan Ankaralı! Indiana Jones hayranlığı onu arkeoloji okumaya teşvik etti. Ancak elinde kamçısıyla bir kutsal hazine avcısı olamayacağını anladığında artık çok geçti! Çeşitli radyolarda DJ'lik deneyiminin ardından, halkla ilişkiler dünyasına daldı ve İstanbul'a yerleşti. Pozitif, Babylon, !f İstanbul gibi markalar için basın ve halkla ilişkiler danışmanlığı yaptı. Profesyonel DJ, aynı zamanda *Le Cool İstanbul*'un editörü. 2010 yılında ani bir kararla barınaktan evlat edindiği *husky* melezi Pöti, hemen sonrasında Dede ve son olarak aileye katılan Astro ile birlikte sahipsiz köpeklerin dünyasına adım attı. Evini geçici olarak başka sahipsiz köpeklerle paylaşıp onlara yeni yuvalar arıyor. Son yıllarda kendi sivil sahiplendirme girişimi olan "Tanış Onunla" projesini büyütüp geliştirmeye çalışıyor.

instagram.com/sarpdakni

SERİDEKİ KİTAPLAR